평화를 만드는 소설읽기

10대, 소설로 배우는 안간 관계 2 익힘책 |기본편

따돌림사회연구모임 서사교육팀 씀

KB082092

작은숲

차례

▶ **익힘책의 목적**

1. 학생들의 평화 역량을 길러주기 위해

2. 능동적이고 주체적인 독서 감상 방법을 배우기 위해

3. 『10대, 소설로 배우는 인간 관계 2』를 읽고 효율적인 독서를 하기 위해

▶ **익힘책의 구성**

1. 기본 내용 파악하기

   질문과 해답으로 내용 이해하기, 읽은 후의 느낌 떠올리기, 소설의 플롯 파악하기, 작품의 콘셉트 찾기

2. 길잡이 읽고 성찰하기

   길잡이 글을 읽은 후 변화된 생각이나 성찰한 내용을 글로 표현하기

▶ **익힘책의 활용 방법**

1. 『익힘책』의 내용은 선생님의 의도나 수업 상황, 학교급(중학교, 고등학교)에 따라 다양한 방식으로 바꾸어서 활용할 수 있습니다.

2. 『익힘책』의 질문은 되도록 모두 답해 보는 것이 좋지만, 필요에 따라 생략하거나 다른 질문을 추가할 수 있습니다.

3. 길잡이 '이렇게 읽어 보세요'는 학생들이 평화와 폭력에 대해 성찰할 수 있는 해설문입니다. 글을 읽은 후 생각의 변화에 중점을 두어 독서활동 하기를 권합니다.

4. 수업의 흐름은 대략 다음 예시처럼 진행되지만, 상황과 여건에 따라 달라질 수 있습니다.

- 수업 예시

1 차시	『10대, 소설로 배우는 인간 관계 2』소설 읽기
2 차시	기본 내용 파악하기
3 차시	길잡이 읽고 성찰하기

매 차시
활동 내용 공유,
발표하기

▶ 독서방법 이해하기

1 독서활동의 목적 : 평화 역량이란?

　　평화 역량이란 평화적 이야기, 평화적 삶을 만들 수 있는 능력을 말합니다. 이야기를 만들 수 있는 능력은 넓게 보면 삶도 이야기처럼 바꿀 수 있는 능력을 의미합니다. 학교에는 이기심과 경쟁논리, 개인주의, 위선과 허세, 소외와 왕따 등과 같은 폭력적인 문화가 깊이 파고들어 있습니다. 평화의 가치를 깨닫기 어려운 교실, 강자와 약자 구도, 갑을 관계에 익숙해진 아이들에게 평화로운 관계를 형성하게 하고 평화와 공존의 가치를 내면화시키는 것은 교육의 절실한 목적이 되어 가고 있습니다. 이런 현실에서 모든 아이들이 평화역량을 키워서 폭력에서 벗어나고, 평화로운 이야기를 만들어 그 속의 주인공으로 살게 해야 합니다.

　　『익힘책』의 독서활동은『10대, 소설로 배우는 인간관계 2』를 읽고 우리의 삶을 성찰하며 현실의 잘못된 점에 대한 개선 의지를 갖게 하고자 합니다. 또 평화로운 인간관계를 배우며, 그것을 실제 삶에서 실천할 수 있는 사람으로 변화시키고자 합니다. 친구들과 토의, 토론을 하며 폭넓은 사고를 키우고, 나아가 비판력과 창의력까지 키울 수 있는 여러분이 되기를 기대합니다.

2   플롯(이야기의 흐름)의 개념과 분석 방법

플롯은 작품 속에 있는 사건들의 배열을 말합니다. 보통 이야기의 시작, 전개, 클라이맥스(갈등·사건 전개의 최고조), 결말의 단계로 구성된다고 봅니다. 그러나 이런 단계에 너무 얽매이지 말고, 작가의 입장이 되어 이야기를 어떻게 구성하려 했는지를 생각해 보면 좋을 것입니다. 작가는 이야기를 창작할 때 처음과 끝을 어떻게 할 것인가, 중심 사건은 어떻게 만들 것인가, 그 중에 몇 번의 우여곡절을 넣어 사건을 전개시킬 것인가 등을 생각합니다. 이렇게 볼 때, 플롯은 큰 사건을 구성하는 작은 사건들의 연속이라고 설명할 수 있습니다. 이 말은 메시지를 주는 큰 사건에 작은 사건들 하나하나가 크고 작게 기여를 한다는 뜻이기도 합니다. 그러므로 플롯을 분석할 때는 가장 중심적인 핵사건(핵심 사건)이 무엇인지, 그것을 뒷받침하는 사건들이 무엇인지 찾아보아야 합니다. 핵사건, 혹은 핵심적인 장면이 작품 전체에 주는 의미가 무엇인지, 그 이면적인 의미는 무엇인지를 파악해 보시기 바랍니다. 핵사건을 파악하면 작품이 주는 메시지(콘셉트)를 알아내는 데 한 발짝 다가설 수 있습니다.

3   콘셉트(메시지)의 개념과 분석 방법

콘셉트란 소설의 주제를 '구체적으로 어떤 방향과 방법으로 풀어나갈 것인가'에 해당하는 개념입니다. 다시 말하면 작품이 전달하는 구체적인 메시지라고 설명할 수 있습니다. 우리가 흔히 말하는 '주제'가 광범위한 의미에서의 메시지라면, '콘셉트'는 그것보다는 더 구체적인 방향성과 방법을 담고 있는 메시지라고 할 수 있습니다. 좀더 쉽게 이해하기 위해서는 '작가에게 누군가가(또는 작가 자신이) 인생에 대한 어떤 질문이나 의문을 표시했고, 작가는 그것에 답하기 위해 소설을 썼다'고 가정하면 도움이 될 것입니다. 즉 작가는 소설의 인물, 사건, 플롯 등을 통해 구체적인 이야기를 만들고, 이것으로 질문에 답하는 것입니다. 그러므로, 콘셉트 찾기는 작가의 의도에 가까워지기라고도 할 수 있습니다.

독자 입장에서 콘셉트를 파악해내기는 쉽지는 않습니다. 그러나 소설의 구성 요소 분석을 통해 비판적, 창의적 읽기를 해나가며 최대한 작가의 의도에 가까워지려고 노력하는 과정, 그 자체가 열쇠나 마찬가지입니다. 『10대, 소설로 배우는 인간관계 2』는 길잡이 글을 통해 콘셉트 찾기에 도움을 주고 있습니다. 그러나 길잡이 글이 아니더라도 여러분 스스로 『익힘책』의 활동에 따라 내용을 분석하다보면 어느 새 콘셉트를 찾은 자신을 발견하게 될 것입니다. 또 한 번에 찾지 못했다고 실망하거나 포기하지 마시기 바랍니다. 그것은 작품을 읽고 분석하는 과정 중에 얼마든지 바뀔 수 있습니다. 콘셉트가 바뀌는 이유는 작가의 의도를 설명하는 데 가장 적합한 것을 찾고자 하기 때문입니다.

◆ 「흥부전」의 콘셉트 예시

　주제 : 권선징악

　콘셉트 : 가난하지만 언제나 선하게 산 사람은 언젠가는 복을 받고, 지금은 부유하지만 악하게 산 사람은 언젠가는 벌을 받는다.

김덕수

기본 내용 파악하기 〈김덕수〉를 읽고 다음 활동을 해보자.

1 소설을 읽고 나서 떠오르는 질문을 적어봅시다. 이해가 되지 않았던 내용, 의문점, 인물의 심리나 소설의 핵심 파악에 필요하다고 생각되는 내용 등을 질문으로 만들 수 있습니다. 질문을 만든 후 나름대로 답을 적어보세요.

1) 질문 :

답 :

2) 질문 :

답 :

2 소설을 읽고 나서 어떤 느낌이 들었나요? 그 이유는 무엇인가요? 이야기의 배경, 분위기, 전개 과정, 인물의 심리 등과 관련하여 느낀 감정이나 떠오른 생각을 적어 봅시다.

3 1)~2) 중 하나를 선택하여 소설의 플롯을 분석해 봅시다.(단, 장면 수는 줄이거나 늘릴 수 있다.)

1) 소설의 주요 장면을 선정하여 그림(만화)으로 표현하기

2) 소설의 주요 장면을 선정하여 글로 설명하기

[1]	
[ ]	
[ ]	
[ ]	
[ ]	

◆ 소설의 내용 중 가장 중요하다고 생각되는 장면(사건)은? 그 이유는 무엇인가요?

4 이 소설이 전달하려는 콘셉트(메시지)는 무엇이라고 생각하나요? 한두 문장으로 표현해 봅시다.

길잡이 읽고 성찰하기) 길잡이 '가해자의 논리, 피해자의 논리'를 읽고 아래의 활동을 해 보자.

1   길잡이에서 가장 인상적인 부분이나 구절은? 그 이유는 무엇인가요?

_____

_____

_____

_____

2   길잡이의 내용 중 자신의 생각과 다른 점이나 의문점이 있다면 적어 보세요.

_____

_____

_____

_____

3   이제까지 살아오며 겪은 갈등 중에서 잘 해결되지 않았던 경험이 있나요? 가해자가 자기의 논리
만 앞세우며 피해자의 입장을 고려하지 않았던 경우가 있다면 적어보고, 그 때 피해자가 겪은 상황과 그
의 심리가 어땠을지 짐작하여 적어 봅시다.

_____

_____

_____

_____

_____

_____

4 김덕수의 재판에서 판사, 검사, 변호사의 역할 중 하나를 선택하여 판결문(또는 기소문, 변호문)을 작성해 봅시다.

5 내가 작가라면 소설의 내용 중 어디를 바꾸고 싶은가요? 바꾸고 싶은 부분을 적고, 그 이유를 써 봅시다.

반역자

기본 내용 파악하기 〈반역자〉를 읽고 다음 활동을 해보자.

1 소설을 읽고 나서 떠오르는 질문을 적어봅시다. 이해가 되지 않았던 내용, 의문점, 인물의 심리나 소설의 핵심 파악에 필요하다고 생각되는 내용 등을 질문으로 만들 수 있습니다. 질문을 만든 후 나름대로 답을 적어보세요.

1) 질문 :

답 :

2) 질문 :

답 :

2 소설을 읽고 나서 어떤 느낌이 들었나요? 그 이유는 무엇인가요? 이야기의 배경, 분위기, 전개 과정, 인물의 심리 등과 관련하여 느낀 감정이나 떠오른 생각을 적어 봅시다.

3 1)~2) 중 하나를 선택하여 소설의 플롯을 분석해 봅시다. (단, 장면 수는 줄이거나 늘릴 수 있다.)

1) 소설의 주요 장면을 선정하여 그림(만화)으로 표현하기

2) 소설의 주요 장면을 선정하여 글로 설명하기

[1]	
[ ]	
[ ]	
[ ]	
[ ]	

◆ 소설의 내용 중 가장 중요하다고 생각되는 장면(사건)은? 그 이유는 무엇인가요?

_____

_____

_____

4 이 소설이 전달하려는 콘셉트(메시지)는 무엇이라고 생각하나요? 한두 문장으로 표현해 봅시다.

_____

_____

길잡이 읽고 성찰하기 길잡이 '애국적 변심? 매국적 변절!'을 읽고 아래의 활동을 해 보자.

1 길잡이에서 가장 인상적인 부분이나 구절은? 그 이유는 무엇인가요?

2 길잡이의 내용 중 자신의 생각과 다른 점이나 의문점이 있다면 적어 보세요.

3 오이배는 왜 변절자의 길을 선택했을까요? 그의 욕망을 바탕으로 이유를 써 보고, 그가 한 선택이 우리 민족에게 어떤 결과를 초래했는지 적어 봅시다.

4   오이배를 돌봐 주었던 교장의 입장에서 오이배에게 조언하는 글을 써 봅시다.

5   내가 작가라면 소설의 내용 중 어디를 바꾸고 싶은가요? 바꾸고 싶은 부분을 적고, 그 이유를 써 봅시다.

피눈물

기본 내용 파악하기 〈피눈물〉을 읽고 다음 활동을 해보자.

1 소설을 읽고 나서 떠오르는 질문을 적어봅시다. 이해가 되지 않았던 내용, 의문점, 인물의 심리나 소설의 핵심 파악에 필요하다고 생각되는 내용 등을 질문으로 만들 수 있습니다. 질문을 만든 후 나름대로 답을 적어보세요.

1) 질문 :

답 :

2) 질문 :

답 :

2 소설을 읽고 나서 어떤 느낌이 들었나요? 그 이유는 무엇인가요? 이야기의 배경, 분위기, 전개 과정, 인물의 심리 등과 관련하여 느낀 감정이나 떠오른 생각을 적어 봅시다.

3 　1)~2) 중 하나를 선택하여 소설의 플롯을 분석해 봅시다. (단, 장면 수는 줄이거나 늘릴 수 있다.)

　　1) 소설의 주요 장면을 선정하여 그림(만화)으로 표현하기

　　2) 소설의 주요 장면을 선정하여 글로 설명하기

[1]	
[ ]	
[ ]	
[ ]	
[ ]	

◆ 소설의 내용 중 가장 중요하다고 생각되는 장면(사건)은? 그 이유는 무엇인가요?

_____

_____

_____

4 　이 소설이 전달하려는 콘셉트(메시지)는 무엇이라고 생각하나요? 한두 문장으로 표현해 봅시다.

_____

_____

길잡이 읽고 성찰하기 길잡이 '정의로운 약자의 영생의 길'을 읽고 아래의 활동을 해 보자.

1 길잡이에서 가장 인상적인 부분이나 구절은? 그 이유는 무엇인가요?

2 길잡이의 내용 중 자신의 생각과 다른 점이나 의문점이 있다면 적어 보세요.

3 우리가 생활하는 교실이나 사회에서도 윤섭과 정희처럼 정의를 위해 자기 희생을 무릅쓰고 숭고하게 살아가는 사람이 있습니다. 약한 사람들이 폭력이나 억압의 상황에 직면할 때 어떤 선택을 하는지 찾아서 이야기해 봅시다. 또 나와 내 주변 사람들이 불의한 상황에 직면한 적이 있었다면 나는 어떤 선택을 했는지 써 봅시다.

4 소설을 읽고 느낀 점을 바탕으로 작가나 등장인물에게 하고 싶은 이야기를 편지 형식으로 써 봅시다.

농촌 사람들

기본 내용 파악하기 〈농촌 사람들〉을 읽고 다음 활동을 해보자.

1 소설을 읽고 나서 떠오르는 질문을 적어봅시다. 이해가 되지 않았던 내용, 의문점, 인물의 심리나 소설의 핵심 파악에 필요하다고 생각되는 내용 등을 질문으로 만들 수 있습니다. 질문을 만든 후 나름대로 답을 적어보세요.

1) 질문 :

답 :

2) 질문 :

답 :

2 소설을 읽고 나서 어떤 느낌이 들었나요? 그 이유는 무엇인가요? 이야기의 배경, 분위기, 전개 과정, 인물의 심리 등과 관련하여 느낀 감정이나 떠오른 생각을 적어 봅시다.

3 1)~2) 중 하나를 선택하여 소설의 플롯을 분석해 봅시다. (단, 장면 수는 줄이거나 늘릴 수 있다.)

1) 주요 장면을 중심으로 이야기의 흐름을 그림(만화)로 표현하기

2) 소설의 주요 장면을 선정하여 글로 설명하기

[1]

[   ]

[   ]

[   ]

[   ]

◆ 소설의 내용 중 가장 중요하다고 생각되는 장면(사건)은? 그 이유는 무엇인가요?

....

....

....

4 이 소설이 전달하려는 콘셉트(메시지)는 무엇이라고 생각하나요? 한두 문장으로 표현해 봅시다.

....

....

길잡이 읽고 성찰하기) 길잡이 '정의로운 자의 편에 서는 용기'를 읽고 아래의 활동을 해 보자.

1 길잡이에서 가장 인상적인 부분이나 구절은? 그 이유는 무엇인가요?

_____

_____

_____

_____

2 길잡이의 내용 중 자신의 생각과 다른 점이나 의문점이 있다면 적어 봅시다.

_____

_____

_____

_____

3 원보가 비극적인 죽음을 맞게 된 이유는 무엇일까요? 등장인물들의 욕망, 시대적 배경, 사회 구조, 사상, 가치관 등 여러 가지 측면을 고려하여 써 봅시다.

_____

_____

_____

_____

_____

_____

4 　우리는 살면서 많은 불의를 목격하지만, 힘을 모아 불의에 맞서기보다 정의의 편에 서는 것조차 주저할 때가 있습니다. 어떤 때는 괴롭힘을 당하는 약한 친구의 편에 서서 도와주려는 친구를 '착한 척 하려고 나서는 행동', '자기 손해를 따질 줄 모르는 어리석은 사람'이라고 손가락질 하기도 합니다. 나는 이런 방관자와 같은 행동을 한 적이 있는지, 혹은 내 주변에 이와 같은 사람들이 있는지 성찰해 보고 깨달은 바를 써 봅시다.

5 　내가 작가라면 소설의 내용 중 어디를 바꾸고 싶은가요? 바꾸고 싶은 부분을 적고, 그 이유를 써 봅시다.

두포전

기본 내용 파악하기 〈두포전〉을 읽고 다음 활동을 해보자.

1   소설을 읽고 나서 떠오르는 질문을 적어봅시다. 이해가 되지 않았던 내용, 의문점, 인물의 심리
나 소설의 핵심 파악에 필요하다고 생각되는 내용 등을 질문으로 만들 수 있습니다. 질문을 만든 후 나
름대로 답을 적어보세요.

1) 질문 :

답 :

2) 질문 :

답 :

2   소설을 읽고 나서 어떤 느낌이 들었나요? 그 이유는 무엇인가요? 이야기의 배경, 분위기, 전개 과
정, 인물의 심리 등과 관련하여 느낀 감정이나 떠오른 생각을 적어 봅시다.

3 1)~2) 중 하나를 선택하여 소설의 플롯을 분석해 봅시다. (단, 장면 수는 줄이거나 늘릴 수 있다.)

1) 소설의 주요 장면을 선정하여 그림(만화)으로 표현하기

2) 소설의 주요 장면을 선정하여 글로 설명하기

[1]	
[ ]	
[ ]	
[ ]	
[ ]	

◆ 소설의 내용 중 가장 중요하다고 생각되는 장면(사건)은? 그 이유는 무엇인가요?

_____

_____

_____

4 이 소설이 전달하려는 콘셉트(메시지)는 무엇이라고 생각하나요? 한두 문장으로 표현해 봅시다.

_____

_____

길잡이 읽고 성찰하기 길잡이 '지도자의 길 : 왕도와 패도'를 읽고 아래의 활동을 해 보자.

1 길잡이에서 가장 인상적인 부분이나 구절은? 그 이유는 무엇인가요?

....

....

....

....

2 길잡이의 내용 중 자신의 생각과 다른 점이나 의문점이 있다면 적어 보세요.

....

....

....

....

3 다음 질문 중 하나를 골라 답을 써 보세요.
  ① 마을 사람들은 모두 칠태의 거짓말에 속아서 주인공을 불신합니다. 이 때, 주인공은 어떤 생
  각과 욕망을 가지고 그 시련을 이겨냈을까요?

....

....

....

....

....

② 권모술수에 쉽게 넘어가는 우매한 마을 사람들이 주인공을 왕으로 섬기게 된 이유는 무엇일까요? 또, 현실에서 우리가 지도자를 뽑을 때 어떤 자질을 중시해야 할까요?

4 내가 작가라면 소설의 내용 중 어디를 바꾸고 싶은가요? 바꾸고 싶은 부분을 적고, 그 이유를 써 봅시다.

5 소설을 읽고 느낀 점을 바탕으로 작가나 등장인물에게 하고 싶은 이야기를 편지 형식으로 써 봅시다.

삼풍별곡

기본 내용 파악하기 〈삼풍별곡〉을 읽고 다음 활동을 해보자.

1 소설을 읽고 나서 떠오르는 질문을 적어봅시다. 이해가 되지 않았던 내용, 의문점, 인물의 심리나 소설의 핵심 파악에 필요하다고 생각되는 내용 등을 질문으로 만들 수 있습니다. 질문을 만든 후 나름대로 답을 적어보세요.

1) 질문 :

답 :

2) 질문 :

답 :

2 소설을 읽고 나서 어떤 느낌이 들었나요? 그 이유는 무엇인가요? 이야기의 배경, 분위기, 전개 과정, 인물의 심리 등과 관련하여 느낀 감정이나 떠오른 생각을 적어 봅시다.

3　1)~2) 중 하나를 선택하여 소설의 플롯을 분석해 봅시다. (단, 장면 수는 줄이거나 늘릴 수 있다.)

1) 소설의 주요 장면을 선정하여 그림(만화)으로 표현하기

2) 소설의 주요 장면을 선정하여 글로 설명하기

[1]	
[　]	
[　]	
[　]	
[　]	

◆ 소설의 내용 중 가장 중요하다고 생각되는 장면(사건)은? 그 이유는 무엇인가요?

4　이 소설이 전달하려는 콘셉트(메시지)는 무엇이라고 생각하나요? 한두 문장으로 표현해 봅시다.

길잡이 읽고 성찰하기 길잡이 '타락한 사회를 변화시키는 힘'을 읽고 아래의 활동을 해 보자.

1 길잡이에서 가장 인상적인 부분이나 구절은? 그 이유는 무엇인가요?

_____

_____

_____

_____

2 길잡이의 내용 중 자신의 생각과 다른 점이나 의문점이 있다면 적어 보세요.

_____

_____

_____

_____

3 다음 질문 중 하나를 골라 답을 써 보세요.
① 주인공의 긍정적인 변화는 무엇 때문일까요? 그에게 찾아온 변화를 어떻게 수용하고 있는지,
변화를 이끌어 낸 삶의 태도와 욕망은 무엇인지 써 봅시다.

_____

_____

_____

_____

_____

② 탐욕과 폭력이 판을 치는 자본주의 사회에서 인간다운 삶을 영위하고 평화를 지켜낼 수 있는 원동력은 무엇일까요?

4 내가 작가라면 소설의 내용 중 어디를 바꾸고 싶은가요? 바꾸고 싶은 부분을 적고, 그 이유를 써 봅시다.

5 소설을 읽고 느낀 점을 바탕으로 작가나 등장인물에게 하고 싶은 이야기를 편지 형식으로 써 봅시다.

눈 먼 제로니모와 그의 형

기본 내용 파악하기 〈눈 먼 제로니모와 그의 형〉을 읽고 다음 활동을 해보자.

1   소설을 읽고 나서 떠오르는 질문을 적어봅시다. 이해가 되지 않았던 내용, 의문점, 인물의 심리나 소설의 핵심 파악에 필요하다고 생각되는 내용 등을 질문으로 만들 수 있습니다. 질문을 만든 후 나름대로 답을 적어보세요.

1) 질문 :

답 :

2) 질문 :

답 :

2   소설을 읽고 나서 어떤 느낌이 들었나요? 그 이유는 무엇인가요? 이야기의 배경, 분위기, 전개 과정, 인물의 심리 등과 관련하여 느낀 감정이나 떠오른 생각을 적어 봅시다.

3 　1)~2) 중 하나를 선택하여 소설의 플롯을 분석해 봅시다. (단, 장면 수는 줄이거나 늘릴 수 있다.)

1) 소설의 주요 장면을 선정하여 그림(만화)으로 표현하기

2) 소설의 주요 장면을 선정하여 글로 설명하기

[1]	
[　]	
[　]	
[　]	
[　]	

◆ 소설의 내용 중 가장 중요하다고 생각되는 장면(사건)은? 그 이유는 무엇인가요?

4 　이 소설이 전달하려는 콘셉트(메시지)는 무엇이라고 생각하나요? 한두 문장으로 표현해 봅시다.

길잡이 읽고 성찰하기 길잡이 '불안한 인간관계의 파탄과 회복'을 읽고 아래의 활동을 해 보자.

1 길잡이에서 가장 인상적인 부분이나 구절은? 그 이유는 무엇인가요?

2 길잡이의 내용 중 자신의 생각과 다른 점이나 의문점이 있다면 적어 보세요.

3 학교생활을 하면서 친구들끼리 서로 오해가 생겨서 관계가 서먹해진 경험이 있을 것입니다. 친구의 진실된 이야기도 거짓말처럼 느껴지고, 친했던 친구의 말보다 다른 사람의 말이 더 진실하게 느껴진 경험이 있나요? 그때 여러분은 어떻게 문제를 해결했나요? 또 누군가의 이간질로부터 친구와의 우정, 형제와의 우애 등 평화로운 관계를 지켜낼 수 있는 방법은 무엇인가요?

4 내가 작가라면 소설의 내용 중 어디를 바꾸고 싶은가요? 바꾸고 싶은 부분을 적고, 그 이유를 써 봅시다.

5 소설을 읽고 느낀 점을 바탕으로 등장인물에게 하고 싶은 이야기를 편지 형식으로 써 봅시다.

애수

기본 내용 파악하기 〈애수〉를 읽고 다음 활동을 해보자.

1 소설을 읽고 나서 떠오르는 질문을 적어봅시다. 이해가 되지 않았던 내용, 의문점, 인물의 심리나 소설의 핵심 파악에 필요하다고 생각되는 내용 등을 질문으로 만들 수 있습니다. 질문을 만든 후 나름대로 답을 적어보세요.

1) 질문 :
_____

답 :
_____
_____

2) 질문 :
_____

답 :
_____
_____
_____

2 소설을 읽고 나서 어떤 느낌이 들었나요? 그 이유는 무엇인가요? 이야기의 배경, 분위기, 전개 과정, 인물의 심리 등과 관련하여 느낀 감정이나 떠오른 생각을 적어 봅시다.

_____
_____
_____
_____

3 1)~2) 중 하나를 선택하여 소설의 플롯을 분석해 봅시다. (단, 장면 수는 줄이거나 늘릴 수 있다.)

1) 소설의 주요 장면을 선정하여 그림(만화)으로 표현하기

2) 소설의 주요 장면을 선정하여 글로 설명하기

[1]	
[　]	
[　]	
[　]	
[　]	

◆ 소설의 내용 중 가장 중요하다고 생각되는 장면(사건)은? 그 이유는 무엇인가요?

_____

_____

_____

4 이 소설이 전달하려는 콘셉트(메시지)는 무엇이라고 생각하나요? 한두 문장으로 표현해 봅시다.

_____

_____

길잡이 읽고 성찰하기 길잡이 '인간관계 파탄(고립)의 한 원인 : 공감 구걸'을 읽고 아래의 활동을
해 보자.

1 길잡이에서 가장 인상적인 부분이나 구절은? 그 이유는 무엇인가요?

_____

_____

_____

_____

2 길잡이의 내용 중 자신의 생각과 다른 점이나 의문점이 있다면 적어 보세요.

_____

_____

_____

_____

3 자신의 힘든 상황에 대해 다른 친구에게 털어놓고 싶던 적이 있나요? 애써 타인의 공감을 얻으
려하기 보다 자기 자신과의 대화를 나누면 어떨까요? 그때를 떠올리며, 타인에게 공감을 구걸하지 않고
자신을 위할 수 있는 자기 대화를 써 봅시다.

_____

_____

_____

_____

_____

_____

4 내가 작가라면 소설의 내용 중 어디를 바꾸고 싶은가요? 바꾸고 싶은 부분을 적고, 그 이유를 써 봅시다.

5 소설을 읽고 느낀 점을 바탕으로 등장인물에게 하고 싶은 이야기를 편지 형식으로 써 봅시다.

적들

기본 내용 파악하기 〈적들〉을 읽고 다음 활동을 해보자.

1 소설을 읽고 나서 떠오르는 질문을 적어봅시다. 이해가 되지 않았던 내용, 의문점, 인물의 심리나 소설의 핵심 파악에 필요하다고 생각되는 내용 등을 질문으로 만들 수 있습니다. 질문을 만든 후 나름대로 답을 적어보세요.

1) 질문 :
_____

답 :
_____
_____

2) 질문 :
_____

답 :
_____
_____
_____

2 소설을 읽고 나서 어떤 느낌이 들었나요? 그 이유는 무엇인가요? 이야기의 배경, 분위기, 전개 과정, 인물의 심리 등과 관련하여 느낀 감정이나 떠오른 생각을 적어 봅시다.

_____
_____
_____
_____
_____

3 1)~2) 중 하나를 선택하여 소설의 플롯을 분석해 봅시다. (단, 장면 수는 줄이거나 늘릴 수 있다.)

1) 소설의 주요 장면을 선정하여 그림(만화)으로 표현하기

2) 소설의 주요 장면을 선정하여 글로 설명하기

[1]	
[ ]	
[ ]	
[ ]	
[ ]	

◆ 소설의 내용 중 가장 중요하다고 생각되는 장면(사건)은? 그 이유는 무엇인가요?

_____

_____

_____

4 이 소설이 전달하려는 콘셉트(메시지)는 무엇이라고 생각하나요? 한두 문장으로 표현해 봅시다.

_____

_____

길잡이 읽고 성찰하기) 길잡이 '인간관계 파탄(적대)의 한 원인 : 위선'을 읽고 아래의 활동을 해
보자.

1 길잡이에서 가장 인상적인 부분이나 구절은? 그 이유는 무엇인가요?

_____

_____

_____

_____

2 길잡이의 내용 중 자신의 생각과 다른 점이나 의문점이 있다면 적어 보세요.

_____

_____

_____

_____

3 여러분은 위선으로 인해 친구와 적인 된 경우가 있었나요? 어떻게 친구와 적이 되었는지 과정을
자세히 적어봅시다. 그리고 주변 사람들과 적이 되지 않기 위해서 필요한 것은 무엇인지 생각해봅시다.

_____

_____

_____

_____

_____

_____

_____

4 내가 작가라면 소설의 내용 중 어디를 바꾸고 싶은가요? 바꾸고 싶은 부분을 적고, 그 이유를 써 봅시다.

5 소설을 읽고 느낀 점을 바탕으로 등장인물에게 하고 싶은 이야기를 편지 형식으로 써 봅시다.

변신

기본 내용 파악하기 〈변신〉을 읽고 다음 활동을 해보자.

1 소설을 읽고 나서 떠오르는 질문을 적어봅시다. 이해가 되지 않았던 내용, 의문점, 인물의 심리 나 소설의 핵심 파악에 필요하다고 생각되는 내용 등을 질문으로 만들 수 있습니다. 질문을 만든 후 나 름대로 답을 적어보세요.

1) 질문 :
....

답 :
....

....

2) 질문 :
....

답 :
....

....

2 소설을 읽고 나서 어떤 느낌이 들었나요? 그 이유는 무엇인가요? 이야기의 배경, 분위기, 전개 과 정, 인물의 심리 등과 관련하여 느낀 감정이나 떠오른 생각을 적어 봅시다.

....

....

....

....

....

3 1)~2) 중 하나를 선택하여 소설의 플롯을 분석해 봅시다. (단, 장면 수는 줄이거나 늘릴 수 있다.)

1) 소설의 주요 장면을 선정하여 그림(만화)으로 표현하기

2) 소설의 주요 장면을 선정하여 글로 설명하기

[1]	
[ ]	
[ ]	
[ ]	
[ ]	

◆ 소설의 내용 중 가장 중요하다고 생각되는 장면(사건)은? 그 이유는 무엇인가요?

4 이 소설이 전달하려는 콘셉트(메시지)는 무엇이라고 생각하나요? 한두 문장으로 표현해 봅시다.

길잡이 읽고 성찰하기) 길잡이 '극심한 고립과 물화'를 읽고 아래의 활동을 해 보자.

1   이 글에서 가장 인상적인 부분이나 구절은 무엇인가요? 그 이유는 무엇인가요?

_____

_____

_____

_____

2   길잡이 내용 중 자신의 생각과 다른 점이나 의문점이 있다면 적어봅시다.

_____

_____

_____

_____

3   그레고르가 벌레로 변한 것은 어떤 상황을 상징적으로 나타낸 것일까요? 그리고 여러분은 혼자라 느낄 때 자신의 모습을 어떤 사물로 빗대어 볼 수 있나요? 왜 그런지 이유도 적어 보세요.

_____

_____

_____

_____

_____

_____

_____

4 그레고르를 벌레 취급한 가족 중 한 명에게 하고 싶은 이야기를 편지 형식으로 써 봅시다.

5 내가 작가라면 소설의 내용 중 어디를 바꾸고 싶은가요? 바꾸고 싶은 부분을 적고, 그 이유를 써 봅시다.